LA
VENERABLE ABBAYE
DE
BONGOVVERT
DE GRENOBLE,

SVR LA REIOVYSSANCE DE
la Paix, & du Mariage du Roy.

A GRENOBLE,

De l'Imprimerie d'ANDRE' GALES, Imprimeur.

M. DC. LX.

L'IMPRIMEVR
A V
LECTEVR.

VOICY le jeu d'vn Autheur, qui s'est rendu celebre par quantité d'Ouurages de cette sorte: La naïfueté auec laquelle il fait parler sa langue naturelle, montre assez qu'il n'affecte pas de preoccuper le jugement du Lecteur par vne Preface estudiée. Et quoy qu'on luy doiue quelques reconnoissances du soin qu'il prend de diuertir le public, il a tant d'auersion pour les loüanges qu'on luy pourroit donner, que de peur d'en receuoir, il n'a pas mesme voulu mettre son nom à cette Piece, qui pour estre venuë apres les autres qu'il a faites, ne laisse pas d'estre remplie de toutes le pensées qui peuuent l'enrichir. La lecture que vous en ferés, vous donnera des preuues tres-certaines de cette verité, & vous apprendra sans doute plus d'agreables choses que je ne vous en pourrois dire.

LA VENERABLE
ABBAYE DE BONGOVVERT
DE GRENOBLE,

SVR LA RE'IOVYSSANCE DE LA Paix, & du Mariage du Roy.

ONFLON meyna ronflon, comme font le
    Cocoare,
Sur le pointe du zabro, apprés le zore amare;
La guerra, Dieu-marcy, auec fon migitout,
Comme font à Beaumont manda lou Pey-
    rorout,
Eft manda loin d'icy v païde Coquaqni,
Où lou Galabontem de Franci & d'Efpagni,
Et de ceteu Païe, banquetont jour & not,
De rouiole à la pel, de crozet & de gniot,
De bulli, de ruti, de bonna fauffa rouffa,
Comme le Faye font v Sapey & Chatrouffa;
Iqui fén debourfa, l'on at tout ce qu'on vou,
Per la fouppa de chair toutta bonna fauou,
De ri, de pour, de chou, herbes, courdes & raue,
Lo vin n'y manque pa, puifque toute le caue
En fourniffont autant qu'on en pot charreye,
De mefme qu'à de nopce, & à de Bapteye.
Lou veyro toûjour plen, à moda Sauoyarda,
Deuant lou zaffetta attendont la nazarda:

A

Chaqu'vn a darrié ſi ſon valet cocaſſié,
Qui ne fat que voida, rempli & bottaſſié,
Perce que lou boccon eypiſſia lou zaltere:
Et célou qu'amont mieu lo migié que lo bere,
Ne ſe coitont pa tant que Clerc de Procurou,
Quand quoque pleydeyan lou mene à l'abberou;
Perce qu'y migeont plan, machont bien la pidanſi,
Per en fare chaui vn po mey din la panſi:
Iqui cellou qui n'ont jamey ren affama,
Trouont ſen trauaillié toûjour deque diſna.
Veyqui perque lo Rey en ceu bon Païmande
Cellou qui n'ont vollu qu'en brindes Allemande,
Fare quoque raiſon, & qui ont tant brinda,
Qu'y ne trouont plu ren à deigalibourda;
Car chié lou païſan le boſſe ſont voyante.
V trauaillont (laſſet) à le zoure pezante,
Per achitta de meycle à la Granatari,
Quoque bla ſarrazin, quoque barraſſari,
Quoque gaugne de bo, per fare vn po de ſouppa,
Quoque berlauda à point de ſenti la charouppa.
Chié ello l'on ne vet pendola qu'aragnié,
Que quoque gaburon dedin vn grand panié.
On n'y vet mureſſon, jambon, cayon, ni ruchi;
Que de chieura ſala & fuma à la ſuchi.
On n'y troue point d'œu, polaille, ni polat,
Dindo, chourot, cayot, per garni bien vn plat,
Perce que lou ſoudar ont fat de tout ripailli,
Et lou Sergen ont prey lou meublo per la tailli,
Si bien que nyat plu ren à pillié marpaillié,
Car le bonne meizon ont fat lo cupellié.
Eyet tout deizola, à cauſa de la guerra,
Qui ſen va, Dieu-marci, en cela bonna terra,
Où lou zizeu de l'air tou larda, tou ruti,
Tombont deuant celou qui ont prey ſon parti;
Mais per y arriua, faut paſſa prou de trappe,
Car la routa n'at point d'Eytapié, ni d'Eytappe.

E faut tant de journey appres lo contraman,
Que quand la bourfa manque, é faut tendre la man,
Fare l'enequeli per auey la paffada,
Ou vola, per auey du Rey la faluada.
Veyqui l'heuroufa fin de tou lou vacabon,
Qui à lour deyjeuna ne vollion que jambon ;
Que fricaffié de viau auec toutte le jaillie ;
Ne vollion à difna que chappon, que polaillie ;
Ne vollion à gouta que mayouffe blanchié,
Que faraffon fucra fen pena de machié.
Et à lour grand fouppa, que pingeon, tour ou cailli,
Et fe foulauont tant, que falliet en carcailli
Lou porta fur la couchi : Ore lou zarrapan
Ont grand joey de trempa vne crouta de pan
Dedin quoque fontana, y fare la chichola,
Et fare en lour chamin de lour man lour gandola.
Lo bon Dieu lou conduife, & garde bonne gen
D'ellou, du Maltotié, du Griffon, du Sergen,
Car no zauon befoin d'vn relacho peyfiblo,
Autramen de teni é no zet impoffiblo ;
Mais lo Rey leuarat tant de charge & d'impo,
Deffendra v Zelleu per no mettre en repo,
De furga lou Gueypié qui ne font neceffeiro,
Comme font Eytapié, Maltotié, Commiffeiro,
Soudar, paffauolan, & meychen pioureui,
Qui n'ont fat que migié, & n'ont jamey ferui ;
Qui n'ont jamey eyta à combat ou batailli,
Ont ferui de record v Sergen per la tailli.
Veyqui l'inuention d'vn efprit diabolit,
Per chaffié du Païlo metay Catholit :
Ah ! que no faut de croi, de tefte & de pile,
per bien reuicola tant Vilajo que Ville,
Car chié tou lou peti, point d'argen l'on ne vet,
Le piece de trey fou ont toutte fat coiuet.
Lou Partifan maudit, comme la feicchereffa,
Ont mey lou Zorphelin, & le Vefve à la preffa,

Ont ruina lo Paï, l'ont contraint d'emprunta,
Ce que lou reuenié lour ont vollu preyta.
Ah ! que faut tarifla de debto de reneuo ;
Que faut de bla, de vin, de fer & de cheneuo,
Per remettre en l'eftat qu'ont eyta autrefey
Lou Poro païfan gen à la bonna fey.
Autrefey l'on n'oyet que chanfon de Sireyne.
Pertout v mey de May l'on ne veyet que Reyne ;
Que diuertiffimen de fleute & taborin,
Qui no faffion danfié lo brando Cafquarin.
L'on veyet v bouuié lo chapel fur laureilli,
Sauta, fringa deuant la bella fen pareilli.
En ceu tem inocen le filles v mottet
Leiffauon vn petit mazanta lour tetet
De le pointe du dey, per fen lichié le lore ;
Sen penfa tant de ma que le gen penfon ore.
Ceu bon tem reuindrat, maque la patapan,
Ne vene plu ferui de tet vz arrapan ;
Que pagnote, gojat, & tale rafataille
Leiffeizon v paillié cacareyé polaille.
Adonc de tou lou flan puzin eypelliront,
Toutte forte de bien pertout adondaront.
Nono rejouïron v deypen de natura,
Qui at de tant de flou bigarra la verdura ;
Qui fat courba la tefta à tant d'eypi de bla ;
Tant de reizin forchu, & fi bien accoubla,
Eytreyre, Proüarau, Sauoyence, Cugnette ;
Tant de croquet de noi per fare de bugnette ;
Et tant d'abro qui font garlande de lour frut ;
L'on n'aurat que du rut & du zizeu lo brut.
Que no faron heyrou maque notrou fau pare,
Ne poeiffon ren peychié dedin le zeygue clare ;
Maque la malamort aye rompu lo cou
V larron, qui jamay n'ont eu pou du licou :
No leiffiron paffa per vn mey cinq famane ;
Plu conten que celleu qui fe plait à fe bane,

Perce

Perce que no n'auron plu pou du logimen
De quaranta foudar qui font vn Regimen,
Suiui de fou gojat, du peuplo la racailli,
Qui ne pouont leiſſié oua vna polailli.
Eyet vray que le gen plaindront l'infortuna
Que l'on at pendola deuant que d'eſtre na.
Iamey Tiran cruel auec ſe loey Barbare
Ne fit mouri efan v ventre de ſa mare ;
Veyqui perque le gen ne ſen pouon queyzié,
Pot eſtre que la Pay lou pourrat apeyzié.
Mais parlon de la Pay, & leiſſon la triſteſſa
A celou qui ont pou du choq de ſon Alteſſa.
De vray appres lo Rey, Monſieu lo Cardinat
At mey tout en repo dedin louz Arcenat ;
Le pique ſont liey en faget d'Eychirole ;
Lou muſquet & fuzit, auec le banderole ,
Paront lou ratelié, & non pa lou Soudar,
Qui ſont d'vn gramarci mieu feru que d'vn dard.
Veremen ceu Grand home, Efan de la Cecilli,
A tant fat qu'v la fat compoſa la Caſtilli.
Qu'v la fat retirié l'Archiduc Leoper :
Qu'v l'at de l'Angleterra v glun prey lou Milor :
Qu'v l'at à ſon volley conforma tout l'Empiro,
Et toutta la Sauoey où chante maiſtre Piro,
Que biento l'on verrat alla vn Saint Prelat
Peychié dedin Genéua, & non pa din lo Lac.
Meſſieu louz Eyguenau ne troubla pa la Feſta,
Incore que cecy vo faſſe ma de teſta,
Puiſque noſtron bon Rey ne vou forcié nengun
En ſa Religion, incore que quoqu'vn,
Comme ſont lou Preſchou du Bonet à trey quarro,
Precheyzon contra vo la darrié tintamarro,
Voz aués liberta de ſuiure Iean Caruin,
Qui ſet jugea leu meſmo enyura de ſon vin ;
Car fortant de l'Eygleyzi v l'at dit que la foudra
Debviet eyferbeillié & reduire en poudra

B

Celleu qui en fortiet, regardâ fon efcrit,
Et vo verri qu'v l'eft homme de l'Antecrift.
La Franci qui jamey n'at eyta à l'cytachi,
Se laiffe mouze à tou, comm'vna bonna vachi.
Réjouiffon no dong, de ce que no zauon
Vn Rey qui, ne vou pa que fur votrou nepuon
Lou Bouchié carnaffié paffeyzon plu lour fefta,
Per vo. fare jeuna & foupa fen arefta;
Car vo ne voulés point d'haren quand vo jeuna,
Quoque morcel plu gra vo paffe fout lo na;
Mais puifque votrou jour font tou gra de terengi,
Et vo faudrat migié lo ruti fen aurengi.
Vo ne jeuna qu'vn jour, & ceu jour chaqu'vn pren
De viande preparey qui ne profitont ren,
Perce que migichair eft ouurié fen merito,
Ieuno fen abftinanci eft jeuno d'hypocrito.
No fomme tou d'accord que ceu qui bien farat,
Et bien obeïrat, vn jour v trouuarat.
Sur celley oublion toutta notra fouffranci,
Crion viue lo Rey, & la nobla Croi blanci,
Fazon de feu de joey, brûlon prou de Fagot,
Et beuon tou enfen à tiri-larigot.
Que toutta la not fet not de bordeluneyre,
Chandelles en feneftre, & flambeau en charreyre,
Afin que fene, fille, homes & bon meyna
V tour de tou lou feu fe poeiffon démena:
Courajo, tout en train, comme lo parentajo
De l'eypou & l'eypouza, à nopce de Vilajo.
Meffieu du Parlamen, qui pézont v gro pey
L'intereft de chaqu'vn, font publier la Pay;
Trompettes à chiua, Huffié & Secreteyro:
Iamey v grand jamey l'on n'a veu ceu mifteyro;
Le Trompettes à pied, per v couppa plu court,
A la Meyfon de Dieu menont toutta la Cour:
Toutte le groffe cloche appellon lou Fidello,
A fuiure de Dauid lo Catholit modello.

Loüé Dieu en fe fermo, auec louz inftrumen,
Qui poeiffon bien rempli tout lo mufiquamen,
Et non pa en chanfon de Marot lo folaftro,
Qui à prou de meffonge at adjoufta fon platro.
Monfeignou lo Premié, per mettre tout en jeu,
Appres trey tour voulut paffa per botafeu,
Et fi to qu'v l'eut mey lo feu v quatro quarro,
La placi Saint André fut en grand tintamarro;
Vingt mille mufquetade & cent cou de canon,
Font trembla Larcenat & toute le meyzon:
Petard din lo rochié, petard à la Baftilli,
Petard jufqu'v pertu de chaque bonna filli :
Le larime de joey ne fe pouont fechié,
Inco que lo feu fut plu haut que lo clochié,
Perce que ceu grand brut fut l'adieu de la guerra,
Et la bell'arriua de la Pay en fa terra.
Mondit Seignou premié Prefident, Gouuernou,
Començit pui chié leu à fare lou zhonou,
Car fito que lo Ciel deypleït fe Zeytele,
Sa maifon fut para de milianta chandele,
Et de grande lanterne en ceclo d'Arcancié,
Per embelli lo feu que ceu Grand Iufticié
Fit particulieremen, à l'honou de la Fefta,
La mufquetari fit deychargi de tempefta;
Et la Villa à l'inftant fut la bella tralut,
La Luna v tour de ley auiet moin de culut.
Monfeignou Grand Euefque & Prince de Grenoblo,
Qui den fon Cabinet n'at ren qui ne fet noblo,
A fat fare à fe gen vn feu pyramidin,
Tout couuert de lanterne, & ronze de jardin,
Que le fuzey montant, ont brufla comme pailli,
Per apprendre à chaqu'vn jufques à la marmailli,
Que per bien ferui Dieu faut eftre jardinié,
Et per ferui lo Rey faut point de lanternié.
Et Monfieu l'enemi de la raci mironna,
Procurou genera du bien de la Couronna,

Auec vn feu de joey, fit à tou fou veifin,
Sacrificio riant d'vna boffi de vin:
D'abord lou regrollié, manóre, buyandeyre,
A cha plen banaton, pot, guiettes & cuilleyre,
Gaboüilliront lo vin fen eyga toutdeulon,
Et n'en leiffiront pa fouqua vn chicolon.
Monfieu de Claueyzon a fat chofa plu braua,
Car lo jour precedan fit forti de fa caua,
Sileno fur vn ano, & trenta biberon,
Per trompeta à tou portafey, vigneron,
La fontana de vin, que verchié leu piffaue.
Adonc toutte le fene à qui lo tem duraue,
De vey vn fi grand bien. Couront, criant tout haut,
Lo bon tem eft venu, me fene, que fe faut
Pigna v galetat, & coiffié à la caua:
Que de fila no chau autant que d'vna faua.
Et le feruente vont y fare lour Saint Iean,
En difant à lour meytre adieu Caramentran.
Bacchus auec fiey feu din fiey boffe voyante,
Sen riziet comm'vn foa, iqui chaqu'vn fe plante
Per lo veyre piffié, de la joey qu'v l'auiet,
Et de ce qu'vna fena à fa broqua beuiet.
Lo Chapitro Dauphin ar de riban d'Olande,
Fat vn feu bimbola, chandelle de Chalande.
Et ceu de Notra-Dama, per fauua tou lou rat,
A fat brufla en cagi vn trantanié de chat,
Deque fort affligea tou cellou de la mura,
Ont jura v Clergé, que fi per auentura,
Lou rat ratont lour rente en lour originau,
V faront ce qu'on fit du papié Dauphinau.
Monfieu lo Grand Abbé, qui aprit à tout fare,
V ventre de fa mare à fat d'autre fanfare;
Car v l'at fat pareytre en fa Caualari,
Vn train parey à ceu du Grand Iean de Pari:
Deu douzene de Page en fort bon équipajo,
Allauon à la tefta appres tout lo bagajo.

Vn

Vn Chameau eyfronta befti à grand collen,
Plu vifto qu'vn bardot quand v vat v molen,
Portaue fur fe cofte vna granda montagni,
Trey perfonne, la Pay, la Franci & l'Efpagni,
Suiui de dou Sauuajo, Orfon & Valentin,
Que Ducro prit v boey mouffu & velotin,
Chaqu'vn auec fa maffi & regard plu farojo
Qu'vn Dragon qui lou zeu n'at borda que de rojo.
Cappiteino Francifquo, Allard fon Lieutenant,
Et Difdier la Cornetta, allant & reuenant,
Menauon la jeunéffa en cinq cen fen moftacho,
Tou para de riban & couuert de plumacho ;
Trompettes & tambour fonauon de tou flan,
Et rendiont lou chiuau orguillou & ronflan :
Lou cou de piftolet qu'on tiraue per place,
Lou fazion tou danfié & fauta comme oyaffe.
Et appres lo Guidon de la grand'Abbaï,
Quatro cent Officié rendiront eybaï
Lo Peuplo rebouiillard, de lour granda fageffa,
Et principalamen la flou de la Nobleffa ;
Filli de Salamon en tou fou jugimen,
Car en proceffion marchauon jolamen,
Sen fe coita d'vn pa, & tou de mina freyda,
Montrauon qu'v teniont pertout la brida reyda;
Lo Coronnel du Suiffe, & fon gro Lieutenant,
Et fiey halebardié, en habit bullionnant,
Montrauon qu'v l'eftiont gardacorp veritablo,
Que Monfieu Nicolas eftiet lo Coneftablo.
Monfieu lo Grand Abbé marchaue fimplamen,
Et fon grand Lieutenant allaue leftamen,
Suiui du grand Confey, gen de bonna cabochi,
Qui fçauon manteni l'honou de la Perrochi.
Et puis veyqui la Pay din vn char triumphan,
Tiria de fiey chiuau à fauta d'elephan,
Bella comme lo jour, auecq la greffa Benda
De violen en Bergié, chantant que la Prebenda.

C

Ne fariet plu rougna v Moine du Couuen,
Où la meyta du mondo eft fur l'autra fouuen.
Din l'autro Charriot, la difcorda meurtreyri,
Couuerta de ferpen comm'vna feytureyri,
Vid efteindre fa torchi à de rougibontem,
Se ferpen eymurtié & la fin de fon tem.
Apprcs lo déplayfi de la dana Bellonna,
Cent Moyno qui jamay n'ont eyta en Sarbonna,
En bella rierigarda aliront l'expofa
V Dragon, qui de l'air tombant, tout embraza,
La brûlit, fe brûlant, en mille petarrade,
Et pui tout fen alit à fau & à cambade;
Infi d'vn'enemia en fut fat petafin,
Et la gloeyri reftit à noftron Rey Dauphin.
Son peuplo qui jamay n'eat defobeïffanci,
Fit per l'amor de leu cella réjouïffanci;
Car v fit reueillié l'Abbaï Bongouuert,
Eymurtia de la fret du grand quartié d'hyuer,
Qui l'auiet endormi comme le marmotane,
Mais per fare jitta fur lo cu fe mitane,
Monfieu de Saint Iullien, Prefident v mortié,
Pare du populat, & de fou fauatié,
Fit collationna la trouppa fen parcilli,
De confiture rouge, & de vin d'vn'aureilli,
Iqui chaqu'vn tirit fen fare point de pet,
Mille veyro de vin furont lou piftolet.
Hauta Monfieu l'Abbé, vifiton lou bardacho,
Qui dedin lour maifon ont heu lo cœur fi lâcho,
Que de fe leiflié battre, outragié & feri,
Et marqua fur lo na en monton de Berri,
A lour fene, qui font Ange per le charreyre,
Et diableffe en meyfon, comme vo pouués creyre,
De la dana Sucra, & dana Philiben,
Qui ont fat auorta la Chourari d'Eyben,
Et tumba de quartié de le roche plus haute,
Du foflet que lour home ont receu fur le jaute.

Veyqui le fauſſe piece & lo meychen allocy,
Que l'Abbaï punit ſelon ſe juſte loey.
Voz autre Preſidente, & grande Conſeilleyre,
Honora votrou zome, & lour grand robbe neyre,
Et ne marmota plu, ſi votra grondari,
Lou contraint v trafit de la Granatari,
A changié quoque fey lour fromen en aueyna;
Vo ſçauez que piſſié eſt choſa ſouuereyna,
Et que garda ſa coitta eyet ſe fare tort.
Mouri comm'vn cocombro eygua dedin lo corp.
Vna Dama ſe debt chateni lo corajo,
Quand y fat que Monſieu at eyta en damajo;
Autramen l'Abbaï plu ſagi que Iazon,
En brut de Peyrolié, en tire la reyzon.
Seyé donc retenué, & preſte à la natura,
Puiſque vo n'aués pa beſoin de nourritura.
Voz aués, Dieu-marci, deque vo perbochié,
Et deque vo vengié en ſemblablo marchié.
Vo zautre Aduocate, en qui l'amour eſt yuro,
De mala jalouſi, ne jatta plu lou liuro,
Contra Monſieu, qui lit dedin ſon cabinet,
Si la ſeruenta vat netteyé lo maunet,
Et mochié quoque fey deuant jour la chandela,
Vo ſçauez que natura at vn groin de montela,
Qui ſe fourre dedin la goula du crapau;
Per iquen ne faut pa eyſeruela d'vn pau,
La filli qui, laſſet, fat plaiſi à ſon maiſtre.
Ni lo maiſtre qui fat ce que faites poteſtre.
Seyé donc compleyzante, inſi que fut Sarra,
Ne batte pa celou qui vo zont deyſarra.
Autramen l'Abbaï la bonna gouuernanta;
Du gro zano de Cham, de la Frey & de Nanta.
D'Eyrieu, Saint Saphorin, faront vn magazin,
Per monta comme faut, votrou procho veyſin.
Procurouſe, Marchande, & Artizane fiere,
Qui de votrou zabit trop long pana le piere,

La vanita vo perd, car y vo fat porta
Le mode que le Dame ont pena d'inuenta.
Ie ne parlo pa ren à le fene modeste,
Qui de ciuilita & d'honou ont de reste.
Mais à celle qui font de lour maistre valet,
Lour font de lour corrou bere lo gobelet.
S'embronchon, font lo groin, s'y n'ont tout à regonfo,
Comm'vn meychen juou quand v n'at pa de trompho.
Caqueton de chaqu'vn, dormon jusqu'à meyjour;
Si la quinta le pren, d'vna quinta majour,
I-baillon aussito sur lo na de lour home;
Et puisse lou creytin passon per de fantome.
Mais faut que l'Abbaï auec sou meneytrié,
La man v pistolet & lo pied à l'eytrié,
Contra lou cottillon fasse battre le braye;
Pelou contre pellou, Sauuajo contre Faye.
ça, ça, eytripon tout, mandon lou fanfaron
A le fene, qui ont lou valet de carron.
V deypen du creytin fazon granda fanfara,
Cuuron l'eygua de feu jusqu'à ce qu'y set clara,
Iitton prou de fuzey & sausisson volan,
Qu'alont braua lo Ciel de lour pet insolan;
Mousqueton à chiua, chaqu'vn leuey lo masquo;
Granda Chaneuari de tabourin de Basquo;
De cullieyre de bocy, de cullieyre percié;
De confle de cayon, de siblet de Mercié;
De poche de violon, de citre, de mandorre;
De pot à boutabout, que la musiqua aborre;
De flajolet, d'auboey, fleute, de laretin,
De cornet à bouquin, & de ferlintintim;
Clochete, carcaueu, & de grosse Sonaille,
Per mieu eyfarogié fene comme polaille.
Quand no marchon tout tremble, on vet l'infantari,
Auec tou lou canon en doubla battari,
Garda du berllngau, & brayete de pate.
E faut que tant à pied, qu'à chiua tout combate;

Que

Que l'on mette deſſout le fene ſen reyzon,
Puiſque faut qu'vn mari ſet maiſtre en ſa meyzon,
Si Adam n'oſſe pa obeï à ſa fena,
Iamey no n'aurion ſçeu que vou dire la pena.
Iamey filli n'auriet cacha ſon abricot ;
Ne ſe ſariet Iamey parla du patricot
Que lou meyna auriont fat auecque le fille,
Inco que tou pertu auriont prey de chauille,
Perce qu'eſtiet permey de folata enſen
A tou meylin meylet, en ceu tem innocen.
Vray eſt qu'i n'auriont pa piſſia ſi reydo qu'ore,
Perce qu'on auriet tant furga dedin le lore,
Qu'on auriet fat de rut du borneu piſſolié,
Le fille de dix ans auriont fat le folié.
Vaut donc mieu que l'on ſet tomba din la vergougni,
Que d'auey en public contenta ſa charougni ;
Vaut mieu vn po d'honou, que d'eſtre montracu,
Et que de fare v nin du zautro lo cocu :
L'on ſe ſariet cogneu comme la volatilli,
La mare ſon garçon, & lo pare ſa filli.
Veyqui perque je trouo v ſon de ma reyſon,
Queyet bon que chaqu'vn ſet ſen compareyſon
A le beſtié, conten de n'auey qu'vna fena,
Et la fena qu'vn home, auec vn po de pena.
Inſi lou mariajo ore ſont contracta,
Per releua le gen de la brutalita :
Lou mariajo ſont à chaqu'vn ſaluteyro,
Meſſieu de l'Abbaï commanda v Noteyro
D'eycrire lou contract du mourliet & fournet,
Et aſſigna lour dotte v pra de Molinet :
Si vo ne logié pa le fille qui ſont pore,
La terra ſe verrat deſerta de manore.
Se faut doncque coita, car vaut mieu to que tard ;
Afin de deychargié l'Hoſpita de batard.
L'on verrat den ſiey zan le grande pupineyre,
D'hento du jardinié & de le jardineyre ;

D

Den fiey zan l'on verrat lou dou fizeau ouuert,
Que lou tailleur du Rey faront en l'Vniuert,
Per couppa lou zabit à la moda de Franci;
Tou lou Chreftien faront d'vne mefma croyanci:
E ne fe verrat plu retreyta d'Apoftat,
Ni Chaftel releua per braua lo Contat.
Les Vrfules auront la grangi de la loza;
Geneua fe verrat trifta den fon enclofa,
Et auec l'Engleterra en lour fieclo de fer,
Cogneutront qu'elle font le porte de l'enfer.
Cependant mantenon lo cancan de le zoye
V fujet, qui à tou mantin lo cour en joye.
Viuon comunamen tant que lo tem farat,
Sen auey peffamen du darrié que mourrat.
Veyon no quoquefey Parpaillot & Papiftes,
Et fazon bere enfen Miniftres & Iefuiftes:
Fazon via que durey, chaqu'vn portey fon plat,
A fauta de pingeon feruon no de polat;
A fauta de chapon faut porta de polaille,
L'on paffe quoque fey par de feyzan le graille;
Le liepvres en patié, à fauta de lepvrau.
Fauta de chin couchan faut leiffié lou perdrau;
Et quand l'on ne pot pa chaffié fur le pinote,
Le polete chatrey paffon per gelinote:
Et fi louz ortolan paffon per paffarat,
Ne farat pa ren fot ceu que fe tromparat.
Infi la Pay farat toûjour v veifinajo,
Et tout ceu paffatem reuindrat à meynajo.
Monfieu lo Prefidant, Monfieu lo Confeillié,
Debt auec fou veyfin quoquefey boteillié,
Senten lou feftina fen oublié lo moindre,
Surtout à ceteu jour, que chaqu'vn fe debt joindre,
Et trinqua comme Suiffe à la fanta du Rey,
Et du Prince d'Anjou, qui n'at pa fon parey.
Tout rit den le montaigne, on vet jufqu'à le combe,
Bergeyre fauoney blanche comme colombe,

Reuerdié de la Pay. Sus donq qu'en son quartié
Chaqu'vn ferme boutiqua, ormi lou gargotié.
Charreyri Saint Loren, en tou tem peyroleyri,
Abada de te gen la granda fromilleyri,
Reuicola ton cour eycharfa tou rougnon
De l'agreablo flat du zau & du zignon.
Pereyri, qui chié ti ha de gen de tempesta,
Battelié reneyou, qui n'ont que cu & testa,
Quitta lou juramen, & la Pay refarat
Lo pont bien cimenta, qui t'eyparpaillirat.
Charreyri du Marchan, qui vend chosa per autra,
Et qui ta conscienci ha embourba de plautra,
Rend ce qu'v picapiou tu a interina,
Ou que lou picapiou ont trop sarrazina ;
Et per t'acquitta, pren Confessou per Noteyro,
Si tu vou de la Pay lo beyzié saluteyro.
Charreyri du Palay, & de tout l'auiron,
Qui fournit de galan à tou lou fanfaron,
Per vn po de trafic tu vou toûjour la guerra ;
Mais si du bien ferra tu n'auia la deyferra,
La Iustici, la Pay, tu bramaria de fam,
Lou loajo fariont la guerra à tou zefan ;
Montra donq à la Pay vna faci joyousa,
Comme lo Soley fat à Lauba son Eypousa,
Et la Pay te farat veni de mistoudin,
Qui per ton bien faront sur tou ban lou badin.
Brochari, qui ne fa que fricassié de trippe,
Ta Confrari de pegi autra chosa ne frippe ;
Tu voudria bien migié quoquaren de meillou,
Si lo bon Malatrat auecque dou caillou
Tournaue rappella le truite en l'eyga freychi ;
Mais tu t'es tant mocqua autrafey de sa peychi,
Que si tu ne fourni la saulsa que faudrat,
Tu ne tatares pa de celle qu'v prendrat,
Ni de celle zauoey que comme le zauille,
Millet aprey v son d'vna peyla à manille,

Quand celou inocen furont mal informa,
Dieu pardonne v boſſu qui ſçauiet tant de ma,
Placi de Mauconſey, où lou Tailleur font feyri,
Maugra lou Courdonié, quand le fene de geyri
Lour apporton chié ti le reſte du cayon,
Ton vergié à tout autro eſt ſen compareiſon ;
Vn Paradi Terreſtro, où l'on vet que le fene
Vont tara de ceu frut qui cauſe tant de pene ;
Tu a bailla l'intra v malheyrou Sergen,
Per gueyta à vn coin, & y grippa le gen ;
Mais ſi de ton jardin tu ne fors celou Ange,
L'on y verra tenta le fene de le grange,
Et le Reuendari, tant qu'elle ſe battront,
Eygruyſiront, mordront, & ſe deycoiffiront.
Charreyri du Grand Poi ton cour n'eſt pa de piera,
Car tu es charitabla, inco que tu ſet fiera,
D'aucy dou Preſidan, lo pare & lo garçon,
L'vn porte lo mortié, & l'autro lo pizon,
Per pizié comme ſa lo tord & la chicana,
Quand v ſariont couuert de velou & de pana ;
Rend donq graces à Dieu, de ce que fortuna,
Tu a toùjour chié ti pare du bon meyna,
Qui conſerue ton dret, & te fat ſen malici,
Auec lo bien de pay, joüy de la polici ;
Qui te fat tou lou zan eytrena d'vn feſtin,
Afin que l'on dizey bon veyzin bon matin ;
Enfin qui te mantint contra tou lou deſordre,
Afin que l'enuiſiou ne te poiſſe pa mordre.
Grand charreyri du Clerc, & du gratapapié,
E te faut d'vn faucon lo carcauel v pié,
Puiſque tu vole bien auec vn po de pluma ;
Mais ſi tu ne rezou de perdre la coutuma
De le diſcution, & frais du curatout,
Qui à le vefue font migié de barbabout ;
Tu n'aures jamay pay dedin ta conſcienci,
Et tu ſares grippa auec toutta ta ſcienci.

Charreyri

Charreyri Sainta Clara, où lou meygro bigot
Sur vn grand Chapelet Patellont jour & not;
Tu fa barba de pailly en ton cour hypocrito,
Mais chut, auifa bien que felon ton merito
Lo dan ne t'ariuey deuant qu'vn repenti :
Eycrachi, mochite, fi tu vou bien fenti
Lo flat de cella Pay, que lo mondo volajo
Ne te pot pa donna, ni a point de Vilajo.
Charreyri de Saint Iacques, où l'on tire du poi
L'Eyguenau reuiria du coftié de la Croi,
Prente garda du loup veftu comm'vna feya,
Qui font lou chin couchan d'aleya en aleya,
Per raui louz agneu, lou fimplo feruitou;
Et t'aures de la Pay lo beyzié amitou.
Placi de la Granetta, où la Mufa folaftra
At eyta autrefey vn po trop idolaftra,
Tu te réjouï bien quand tu as prou de bla,
Mais l'on te ved fouuen eyfrayé & trembla,
D'eftre dedin lo lieu où l'on rouït Padella,
Et brûlit vn Bergié per vna mirondella;
Auec celey jamay tu ne fares fen brut
Qu'on ne portey la pel de ton loup à debrut.
Granda Charreyri Noua, en te gen tu es Sainta,
Lou zome per amour, le fene per contrainta;
Vn jour tu n'aures point de vin, mais prou Couuen,
Qui te faront porta la biaffi fi fouuen,
Que l'habitant farat contraint lour fare gniaqua,
Ormi v Capucin, tourna lou donc cafaqua;
Creyme, ne lou ven ren, comme lou Peniten,
Et la Pay vvrirat te boutique long-tem.
Rochoneyza, qui tin fur lo darrié te corne,
Afin qu'on pocifle entra dedin te calaborne,
Tu n'a jamay vvert ton fein v courtifan,
Ni porta grand profit v peti artizan,
Puifque tu n'a chié ti mufc, ciueta, ni ambro,
Et qu'on vet recula te gen comme lou chambro,

E

Mais fi tu ne te fa vn parfum per la Pay,
La pefta de ton cu ne guarirat jamay.
Tracloutra , ou le fene amon qui le banquete,
Et où la joloufi d'vn'imagi jacquete,
Tu fa parla de ti le zoyaffe lou jay,
Comme te poigne d'herbe ont fat v mey de May,
Car l'on dit que tu di, que tu fa, que tu jaze,
Per en fare braillié Enimon comm'vn aze ;
Mais inco que tu fet machura-fen charbon,
Qu'on ne pociffe leua du papié cacabon,
Si tu te laue bien de l'eygua du Minime ,
La Pay te fournirat d'excufe legitime.
Vilajo d'alentour, raci fen corteyzi,
Vo faites v Bourgeoey cent mille depleyzi ,
Inco que vo troui chié zello tabla meyza.
Vo faites v cayon eybarbouffié la preyza,
Et per fare migié votre beftie à lour fou,
A lour vergié bien clou vo faites de paffou ;
Mais puifque vo rompés le zherfe & le lieüre,
Lo loup migey lo bout , & toutte votre chieüre.
Ne pociffi vo jamay vendre la flou du bla,
Que vingt fou lo quarta, quand per vo zacabla,
Vo faria furchargea de tailles & de rente.
Ne poeiffi vo auey en toutte votre vente,
Qu'vn efcu du bon vin, de l'hulo que cinq fou ,
(Senten chargi de vin, pot d'hulo fricaffou)
Enfin ne pociffi vo auey du companajo,
Du buro que di liard, & que fiey du fromajo :
Affi net pa reyzon que vo vendi plu chier
La greiffi qui ne vin que du fon parier.
Mais reuenon v bien de la Pay generala,
La guerra, Dieu-marci, n'at chiua ni cauala,
Eille fen eft alla auec vn bafton blanc,
Appres que le zarmée ouuerte de tou flan,
Bra deffu , bra deffout , fe fon fat la colada,
Et ont migea enfem vna groffa falada

De pourchaillie, dignon, du jardin de Parí,
De rauanelle, d'au, du jardin de Madri;
D'herbette de Thurin, & de churafey meygro,
De Sauoey bien fala, bon hulo, bon vineygro,
Tout celey bien meycla, donne grand appetit,
Et pui le den, qui font du ventre lou zoutit,
Renjon·tou lou boccon, comme Sentenci d'ordre,
Maque tant folamen i trouon deque mordre.
Mais eyet tout mordu, le zarme font v crot,
Alpes & pyrenée ont perdu fon & choq.
Lou dou Royaumo ont fat, chacun en fe limitte,
Palay, parey à ceu où lo Dieu Pan habite,
Separa d'vn rideau, de velou entre-dou,
Où fe font repofa lou dou Ambaffadou;
Et pui quand l'vn & l'autro eut foufla fur fa cheyri,
Lo ridiau fut tiria per vn'ora legeyri;
S'entreuiront plongea dedin l'humilita,
Et tatiront du miel de la ciuilita
Sur le pointe du dey, approcha, tefta baffa,
Renonciront tou dou v jeu de carabaffa:
Appres celey lou grand de l'Efpagni couuert,
De pointe de clochie fe tenant à reuer,
Medailles v chapel, eygrette fen pareille,
Mouftache coquillié jufques à le zaureille,
Fréze gaudoroney, mandille de gojat,
Et brayes eytrinquey en chauffe d'hypocrat,
D'vn grand falamelec firont la reuerenci,
A Monfieu Mazarin, curatou de la Franci.
Et lou grand de la Franci, à tefta fen eytuit,
Lou chaueu pendolan jufques à l'embcruit,
Brayes en cotillon, & riban en floquada,
A ceu grand Efpaguol firont la bonetada;
Iqui faziet bon vey l'vna & l'autra Cour,
Eftiont de braue gen & de for bon difcour.
Notron Duc de Champfau, en faci ferioufa,
Y eftiet rebollia comm'vna bella eypoufa,

Perce qu'apres lo Rey v femble vn demi-Dieu,
Grand, gro corp, bien forma, bonna mina, bon jeu :
Iqui la malueyfia en dix mille boteille,
Rendit lou cour joyou, & le bouche vermeille;
Lo meillou vin d'Efpagni y baillaue charat,
Le trompete tandi fonauon lo combat;
Lou-Zefpagnol à bere emportiront victoeyri,
Et en ciuilita euront la plu grand gloeyri.
Veremen de la guerra on n'auriet veu la fin,
Si lo Ciel n'ayet veu que no faut vn Dauphin;
Per iquen v lat fat vna Saint'Alianci
De l'Auba de l'Efpagni, & lo Soley de Franci:
No l'auron den no mey, car l'Eypoufa fouflan
Du fouflo de l'amour, fét viria du bon flan :
Lo fruit en farat beau, & bon, & profitablo,
Dieu no faffe ceu bien, que tout fet veritablo,
Et que, per manteni en pay le gen de pay,
Chreftien contra Chreftien ne fe batont jamay.

F I N.